宅男之思

蔡孟利

目錄

【推薦序】

宅男的悠遊世界

名詩人　靈歌

《宅男之思》五十首詩，是一本較迷你的詩集。但密度夠，所以不輕。

作者蔡孟利，應該算詩壇新人，這是他第一本詩集。但在學術界，在生物界，卻成績斐然。他是台大動物學博士，現職為國立宜蘭大學生物機電工程學系教授。曾於二〇一四、二〇一六年兩度獲得Journal of Medical and Biological Engineering優秀論文獎，宜蘭大學「研究績優」、「特優導師」等獎項。並在二〇一六年兼任科學月刊社總編輯，二〇一七年底更以學術造假的內幕為題材，完成21萬字的小說《死了一個研究生以後》，以及18萬字的《倫・不倫，愛之外的其他》，繼續專業評論未竟的批判之功。

五十首詩不分輯，語言清新，頗具鮮明的個人特色，十五行以內的小詩佔了大部分。

第一首詩〈等著說，生日快樂〉，最後一首〈就是要說：生日快樂〉首尾呼應，讓詩集過盡千帆後完整。詩題搶眼，不流俗。將生活與工作用語甚至語助詞都納入：〈下班時的板南線〉、〈作為一個聽講的人〉、〈進度報告〉、〈繳交送出，科技部〉、〈系務會議結論：辛苦了！〉、〈計畫結案〉、〈喔，妳也在這裡啊！〉、〈沒什麼嘛！是不是？大家協調一下就好了〉、〈妳去的地方有颱風要來喔〉、〈要告白嗎？〉、〈就繼續當個路人甲吧〉、〈這是今天的研究進度〉、〈期末考題：what is life?〉、〈老囉！〉……這些詩題，都與一般大異其趣，也是這本詩集的特色。其中不少詩作，首尾似乎可以連結，一環套住一環，彷彿組詩，也彷彿短詩連接成長詩。

其中最妙的詩題，諧音之趣，令人拍案：〈PM 2:5，官方〉，這 PM 2:5 是下午二點五分，也是懸浮微粒 PM 2.5 的影射，詩中處處索驥。「官方」二字，深具諷刺，官方對於空污的改善與數字，總無法讓大眾放心，對於懸浮微粒之害，我們只能自求多福。

愛情、工作、生活的靈光閃現在詩句中，初讀似乎稍微平淡，但平淡中不乏熠熠生輝的句子：「回憶總吃力地從風中撈瓶酒／酌也不著的醇／若說起／那是蒸餾前的往事喔／如果還記得身為穀的靜默／留些諸如我和妳什麼的／一起落土之類地曖昧」〈喔，妳也在這裡啊！〉，「從風中撈瓶酒」的創新；「酌也不著」精妙的諧音；「記得身為穀的靜默」令人深思；「落土之類地曖昧」留下餘韻。以及「我托著空杯如缽／懷紙也淡雅的素候著」〈那靈感〉；「我倚牆而立／如禪者斜靠／不思索／則不惹塵埃」〈下班時的板南線〉；「雙掌托起抿嘴的顱是個窗口／以靜寂買賣勤勉」、「我與我的疲憊收攏在無盡藏的平庸」〈謀生之日常〉；「一隻貓蹲在檯子上／示現／實驗已做完／心情很點點／左斜四十五度角／點點點」〈計畫結案〉，這裡二句「點點」與「點點點」真是神來之筆。

剛寫詩不久的詩人，對於長句的營造不免畏懼，印象中長句的好手，應屬方明兄最為出色，讀他〈中秋〉第一句：「所謂中秋是圓月把鄰家姑娘閨房的圓牖貼得密透不過一隻流螢」二十七個字一氣呵成無法斷句的精采絕倫。蔡孟利也有這樣的長句：「真領悟到一切都只是為了一個相遇時刻的安排好讓那年的夏天剛好遇到在這個日子出生的女孩這樣意義深遠地事情能夠發生」。整整五十四個字，是方明兄的二倍。當然方明的詩句凝鍊，意象一氣呵成又不斷轉折，確實高於蔡孟利，但一位是四十多年前與羅智成、廖咸浩、苦苓、楊澤等人創辦台大詩社的前輩（後來因經商離開詩壇約三十年後再重返），一位是接觸新詩不久的新人，不可同日而語。蔡孟利的勇氣，仍然值得嘉許。

詩，總是離不開人生，植根於現實與理想的混和土壤裡，水土與氣候溫度，是天生的才氣；勤於澆水施肥剪裁，是後天的努力。蔡孟利專長理科，又跨足新詩。其實，我自己唸高工機工科（專科唸編輯採訪），又經營工廠數十年，如同方明，四十多年前寫詩，後來創業離開詩壇，六十歲又重返，六十五歲自企業退休，現在專心讀書寫詩，也是天性使然，怎麼放下，又怎麼被喚醒，內心的澎湃，就是詩魂縈懷。

蔡孟利第一本詩集，有如此成績，令人不由得稱許。相信他的詩魂強健活躍，他應該會堅持於詩文學的創作，繼續讓我們眼睛發亮，熠熠生輝。

等著說，生日快樂

一會兒是沒多久
反正無事可期
再待著
頂多是玫瑰的凋不凋謝
算不上要緊
路上已經掉了幾瓣
無所謂
萎的是我駐足的枯槁
立成風塵止步的牌子
反正有月亮看著
至少有個意象
如果問這愛有多深的話

喔，妳也在這裡啊！

當然也花點時間
不是那麼容易
回憶總吃力地從風中撈瓶酒
酌也不著的醇
若說起
那是蒸餾前的往事喔
如果還記得身為穀的靜默
留些諸如我和妳什麼的
一起落土之類地曖昧
今天的或許
就是個理由
沒那麼冠冕，不過，堂皇了

守候的方式

遙相佇立
或說
各執兩端
就算陌生人吧

曾經也同一名女子如此
偶遇於每個日子
整年故意不相識著
相望成鵲橋
只是無驚喜
甚或悲歡離合

揣想如果經歷累世兵荒馬亂而今仍得再見
伊人平安
於是喜道
叼天之幸

算了，不用留話

時間有點閃失
影蹤多滅了些
只在下午敲敲妳的窗
雲啊
一念成梯囉
我在子時曾經那麼地接近南天門
如果有仙女就真的瞥見裙襬
倘若不醒來是件難事
那便
錯過了

開學了

算是告別
某年某月已過
那日不重要
我是遺棄了
免得倒數
月亮釘在牆上就揮揮手
有一夜記得便行
說謝謝
不是再見

閱卷者的夢囈

卷上有十處空空
跳著疾書
就匆匆予
詩般的留白回答了索然
每題都無味
說不上虛擲的青春悄悄
好歹
睥睨了些生命的流逝
我在嗎？
那樣地

那靈感

飲酒或喫茶呢
移動的光影沒有明示
匆匆映照成婉約的遊龍
室外掠跡地
襯
我托著空杯如缽
懷紙也淡雅的素候著
說或不說
那個在青春更早
就過往了像是
約定奈何橋之前竟忘掉

見與不見
諸如，算不上遺憾的此類

下班時的板南線

在此溢滿力竭的餘燼
只剩無言喧囂
眾生手持如笏指點著

我倚牆而立
如禪者斜靠
不思索
則不惹塵埃
（是疲憊的無盡藏）

似曾相識

我想，那樣的楓葉，是彩虹吧
浸潤過朝霞與夕陽，碎裂了紅澄黃綠，紛紛樹梢
在林間葉隙，管窺天光，藍靛紫

往上行，靜謐成嫣然，怔怔百年回眸
我這樣想，該有個伊人佇立，直到月光浸潤

踏過一路窸窣碎石的迴響，走成某日某夜訣別的喧囂
那年，有過依依的難捨
棄絕成今日，戀戀
卻獨行的顏色

謀生之日常

在小鎮午夜中工作不是易事
面對一張桌一片平原都等價為索然的交易
雙掌托起抿嘴的顱是個窗口
以靜寂買賣勤勉
得不到好價錢
就抗議落腳處多麼雜沓
鬆綁責任的鬼魅
斜倚漠然坐成不動的
旅行中
默唸沿途小站
忘了被制約的難堪

賦予那天是個有風的淩晨夾雜雨聲
呼嘯每個月台的掠影
重複不怎麼經意地決定
以牌示鄰站里程之數字算計身價

都是小站
不高

我

形式上仍在工作
不時以忐忑底嘟囔包裝整天停滯
說服監視的眼睛一切倥傯得很
自由的只是時間的經過
我與我的疲憊收攏在無盡藏的平庸

演出所有繁忙姿態
攏著緩慢
奔逃
在面對的平原
日光升起之前

關於正義

「你在想什麼事情」
我在想我在想什麼事情
和著八方滿腦子嗡嗡
嗯
若思出禪味
定能粉飾一個時代的太平
以文字
顧左右
言他

作為一個聽講的人

甫就座的驚艷
都以細緻泡沫
空洞一大杯子的厚實
回到卡布奇諾之底蘊
想著
該不該
以旋轉湮沒杯緣殘渣
予這當下處理了某些事情的意義

我，明天下午的飛機

雙掌撐頰的凝望是托缽乞求
有心，有未寧
有靜
迴盪悾悾響了
迤迤不上魂地慕窺
椒花映容

度過秋天的假裝
生疏一整個冬

那年就這樣經過

在，擦身前沒得細想
躁鬱地看著妳畫眉
側面成了容顏
拋下匆匆說
從右邊而過
也是永恆

進度報告

只是鋪陳的展演吧
通俗來說如此
予人做得來的猜測
茫然中認知，將裨益
以世界為名的詞
於
一室都是人的概念
不全罷了
或昏或睡或戚戚於門外是否有雨
我積極說服的聽眾是我自己
（或許只是捲了點的烏雲）

後來怎麼了？

若咫尺；
無天涯。
擦肩嗎？
很難形容
只有
掉了很多字的細節
行距空白了記憶
剩下
妳在紙上嫣然

乾脆放棄那些想說服的什麼

滑落下床在倏地起身時
作個揖
示現落單的禪
趁著月色映照匆匆道別
是說那年的天有三十三層紗
卻裹也不裹地素面
就放任個七夕
很奈何的橋著
她
或我

PM2:5，官方

望了有天的旺
足以詮釋無所謂的那種
就說是下午
二時五分或是多一些
給山就具體了潑墨
御海便形象了霧色
有足的皆立錐騰雲
而平原盡無謠言
都止於封口的智者了

年已半百

五十一比四十九
論投票，青春就輸了
好歹吧，哆嗦些穩重之類的
秤斤兩來計
說年齡總是虛胖了些
說天命，掐指又浮誇了一
些了

繳交送出，科技部

年將逝
供驚醒
有人寐了
無菊
向西有東籬
那田不屬我

是投了米
試試折腰風向
喔
一斤不論斗
士大夫而已

如果在花東縱谷，遇到了

重巒索性層疊
座落威武不動
襯托河谷開展
自是君臨天下
於是觀看水田倒影
欣逢兩朵雲相撞成往事
如果凝下淚滴
說相忘，也是久別

不見了，好久

愛慾都上了肌膚顏色
有情依然無蹤
示現的文字藏陷阱
摔落，啊！
回憶就沒有鏡頭的
我總是
有個妳底印象在
沒能工筆之僅僅素描
而已地那麼淡

芯處剛好墨盡

（還是要掏心稱頌嗎？
反正是臣服了
伏地不敢仰望的那種
匍匐地不搆裙襬）

真是有緣

什麼時候認識妳啊？
學個詩云「無冬無夏」
立地了，就看到這
佛
無盡藏今早
有夢，「傷如之何」
有玫瑰，朵
水了一谿，隱

原來，我去了妳的輪迴
如是觀

分子一坨變成另一坨
皮囊內外
只轉換
不負責
說吧
就是奈何

系務會議結論：辛苦了！

就經常看到的那樣
背了個包
塞些衣服
便駝了人情在
街道有些熙嚷
面孔有些索然
拿個獎盃
賣錢否的返鄉
之
當然，路人甲而已

輪迴裡坐坐

我來拜訪妳呦
月明，有雨
就談些瑣碎了
爭執嗎？無妨
只是換個盤腿
心裏，容坐吧
昨天有個他
請去看日出
否，也不否

喔

午夜有個人
來
走了
過去也是
個人
那是，也不是
初見的你身上有條紅縷線
而我
不是我
密密如麻

計畫結案

一隻貓蹲在檯子上
示現
實驗已做完
心情很點點
左斜四十五度角
點點點

明天繼續嗎？
就來來
與去去
月光也沒說要詭異

的，反正
憔悴只記得
有個那年經過
枯槁都鵠立著
撿完 data
卻沒什麼好厝放的
我

彼時年輕

走過去，望了
回過頭，看了
那個我，不在
妳，不在
的結局就混雜，在
靜悄悄有月光降臨的撞跌
揪心地踩碎黑暗拾階而上
拖著愛情到涯邊俯瞰過往
沒得說
文字以楓葉未紅的形態於樹梢凋零
拉著慾念襲擊虛空之後墜地
成離騷

沒什麼嘛！是不是？大家協調一下就好了

言詞，框成鋼構的屹立
語意，放任在鏤空隔間裡流竄
承諾，看似在禁閉下自由
理想，只需遠赴唇邊
演出，繁忙的姿態
無愧，所謂的
又過了一天

妳去的地方有颱風要來喔

氣旋遲滯了
著相在雲攏的須臾
是夜風雨
難眠的千里忐忑
而東海不傳
但說隔日天闊
故人笑曰僕僕
有歇，有遠行
若南海自在
就不與千堆雪

39巷，有食

落地窗外有扶疏
綠葉有影的剛好
借託以穿越婀娜
窺視椒閣小歇

如果靚到震懾
就取來甜點自嘲，腹笥
不過爾爾
如果望到紅顏一笑，就說
生活中的傾城
盡皆兒女大小事

送，情書

文字可以離苦嗎
小波斯菊下的嘟囔
擱著好了
推給無所謂地繼續
遙想那姿某天有經過
說是搖曳地就落了筆
喚作是久違而不曾聽聞的名字
在那年假裝依依地假裝
苦喔！得折腰
撿了一滴不知是誰的眼淚

退稿

不認傷悲地不諳
世事拆解了就無妨
說是輕盈些飄遙
拱拱手，我欲言
浮個水袖
沒有禪的味道
那夏天就過了
冬天省去秋的顏色
少了春好想像

相親，誌

愛情業配秋夜的雨
販賣蕭瑟
冷冽就夠了
證明燈下拖曳長長地
豔絕的樣子不過只合
稱她聲姑娘就細看
如果找不著一滴眼淚
那戀便成交了忘我
來年的，什麼都不說

分手

不是太晴的天有雲
雨細了霧說冷
落水凝下高亢
沒能等待地每天
若是青春怪罪
就說我有一票
投予那忘了的名字

要告白嗎？

有些夜在浪費中過去
蹲了就一擲
無所謂地千金那樣的
想不起來
某年認識的這個我
藏在
怎麼也找不到理由的地方
等著天光一會兒大亮
被拒絕了也無所謂
反正戀在心上暗淡
愛止於觀喜臨界

花於殼內開放
無停歇之站

自拍

整個螢幕的楓葉
從橘得有些明顯開始紅了隨興
用左手將自己框在第四象限地
一腳步入他鄉的那個之際算起
冬瑟沒什麼好共享的
若有人說起去國
就如此

就繼續當個路人甲吧

祝福也是種沉默
揖多了
日子就拉遠
只及到想不起
或許昨天有擦肩
有回頭
有一地落葉
有不知從何
如果說月亮代表
如果真要說起的話
十二星座不偶遇
僅羅列，那般地

打鐘了，下課了

右邊好了
坐坐
反正是個夢
書本在上頭擱著
有衣服的味道
那人剛離開
帶走一抹香
空虛就很具體囉
說，醒
喔，留不住
黑髮

長長地
滑過指尖皆流水
年華

少了一個人的地方

就妳去國之日想起
時間是一紙靜默
無稽的塗抹空洞
很假裝地
那年
素得三三兩兩
說瀟灑
都起不了勁的
每天都是妳的去國之日

不是我，無妨

莫說
醉成莊子的姿勢
就得了逍遙
朝地拱拱揖
這酒有零度吧
雖是那年的竹葉
青，澀了
不過就碎出個禮成
無妨
美人之語仍是輕聲地
如果一魂獻祭出的話

一個人如果單獨沉思久了

夢境沒有旅程
我踏上一封信
殊不知
或所云
妳傳了個諭
令那天非天
文字都匍匐
惆悵地舉目都是

如果真的死去
唆使游魂窺伺

若鵲橋端有嫣然
不言
就推給不置可否的
搗，說
子夜留了心跳
試探個誰知音

訪，有未遇

轉角後靠邊
有雨垂簷的屋便是
屆時撥個手機搖下窗，那樣地
說自然得有些心虛，狂想著
如果迴到了一九多少的某天
清晨電鈴聲清脆
就不必有人倚門
等了然後匆匆

如果這是命運的安排

莊子標為已讀
書成個靜物
演示著
有光拐了彎進來
駐在剛送走了妳她也是的這桌
說，鍵盤靜默
無事可寄
不回

那些關於我們之間的事

月光沒有奔馳
躡足地
從邊緣輪廓天際
是夜
眾將官無令可聽
天馬放飲銀河
散了一地兵
城郭，以闕計數吧

說起
那仗的確放蕩了點

如果此人此地此刻
一臥進了廣寒，如果
史書此役
該是
遇不到紅顏
臨沂一瓢了退去
之，結果

這是今天的研究進度

我
驚惶於這樣的四目相對
猶豫於這樣的四目相對
習慣於這樣的四目相對
所以　只能
無視於這樣的四目相對

一隻老鼠
頂著腦袋的破洞
懷著肚子的破洞
搖搖擺擺的瞪著
所謂科學

知識
產生
在倒下
的一刻

於是我以臨懼戒慎的謙卑
關這燈
關這窗
掩上門
懷疑是否雙手血腥的離開

（實驗室空空盪盪
一隻老鼠的靈魂漫遊
在垃圾桶看到自己的身體
在示波器上想起曾經擁有的心跳）

如是靜寂的夜

也許是月亮的關係
透過樹梢看到光陰十年
一日
踏著盪盪的腳步聲亦成歷史
跫響
這是有楓葉紅落的時光隧道
往事開始擾嚷走了過來
團轉混亂如皺一池春水
所以將雙手交握背後

漫步
用類似滄桑的姿態踱著
唉！
我輕輕喟嘆
在心中將現實馴服於幼年理想之下
偽裝出一副世故而啞然笑著的臉孔
走在如是靜寂的夜

我那綁著馬尾的學妹

開始有點四面楚歌的味道
或說群敵環伺
站著站著投手板便有了些孤島的樣子
心情漲落如潮
擺盪起伏瞬間
轉一顆球在猶豫與果斷的對決

假如
唉
多想
能這麼乘風飛去

躺在揉著陽光的雲端裡望著
所謂的滿壘不過是十三個人在場上站著
（不跑不就立成一尊尊石像）
一顆球如果被打中不也只能飛出條拋物線
落不落地只是風和地球的問題
所謂的投手
不過是旋個圈把球送出去的差事
所以
駐信心於一個逍遙的想法
恍然知道承擔眾人的矚目原是
可以談笑間化解的情緒

期末考題：what is life?

唸生物的人
是科學的
緣份
電子和質子的遊戲罷了
說輪迴
分子們散聚重逢的感嘆
而海枯石爛
總結於粒子碰撞
於是我們習於這樣看待
畫個箭頭加個洋文

你看
生命不就此流轉開來
反正弱水三千
取個一瓢飲之
誰知道什麼才是全貌

我所仰望的女神

妳把握長髮向後梳擺的姿態是艷絕的難以形容
值得以累世筆墨手記這翩若驚鴻婉若遊龍
而又
寧馨如此
得止住漫天烽火與夫亂世征戰的喧嘩
靜看這黑夜裡被輕雲彷彿掩著的明月
然後
沉沉睡去
存放一顆心於溫暖的乳房之間
棄人事一切如遺

老囉！

會議裡旁邊坐的是位年輕女性，一直有種讓人心猿意馬的體香撲鼻而來。

若在才不久的以前，應該會被這樣侵略性的味道吸引出一缸子必須用理智極力抗拒的遐想。

然而今日我卻遍尋不著依慣例出現的情慾，好像那感覺已經飛到很遠的天際變成了漢唐宋元的遺跡。

即便用力思索出天菜裸體的樣式來導引，仍只有素描般未著色地茫然。

第一次知道什麼是五十而知天命。

送別吾友

還不習慣這樣的反覆
常之中藏了個無常
解了像是未解
知天命又不知，告別
有天醒來都是夢境地
織縫在
怎麼樣都沒有及時的，人生

就是要說：生日快樂

常常，會想：

如果在那年的夏天沒有遇到剛好在這個日子出生的女孩的話，
我所生活的世界裡可能會失去很多像是在有著微風的舒適清晨推開窗戶看
見第一道曙光那樣的欣喜，
而且人生中會因為少了一個接近真理般的美學極致之激勵而變得無法堅強
勇健地去面對人世間一切需要努力才能克服的事情；
也因為經過了這麼多年的反覆體會才了解到當年的總總巧合有其年少時無
法參透之生命意義，
真領悟到一切都只是為了一個相遇時刻的安排好讓那年的夏天剛好遇到在

這個日子出生的女孩這樣意義深遠地事情能夠發生。
粉絲路人甲，祝我所仰望的女神生日快樂。

國家圖書館出版品預行編目（CIP）資料

宅男之思 / 蔡孟利著 . -- 初版 .
新北市 : 斑馬線 , 2019.06
面 ;　公分

ISBN 978-986-97308-9-1（平裝）

863.51　　108008442

宅男之思

作　　者：蔡孟利
主　　編：施榮華
封面設計：Kidding Wu

發 行 人：張仰賢
社　　長：許　赫
總　　監：林群盛
主　　編：施榮華
出 版 者：斑馬線文庫有限公司
法律顧問：林仟雯律師

斑馬線文庫
通訊地址：新北市中和景平路 101 號二樓
連絡電話：0922542983

製版印刷：龍虎電腦排版股份有限公司
出版日期：2019 年 6 月
ISBN：978-986-97308-9-1
定　　價：250 元